histórias para
ler sem pressa

Copyright © 2008 by Mamede Mustafa Jarouche

Todos os direitos reservados. Nenhuma parte desta edição pode ser utilizada ou reproduzida – em qualquer meio ou forma, seja mecânico ou eletrônico, fotocópia, gravação etc. – nem apropriada ou estocada em sistema de bancos de dados, sem a expressa autorização da editora.

Texto fixado conforme as regras do novo Acordo Ortográfico da Língua Portuguesa (Decreto Legislativo nº 54, de 1995).

Revisão: Beatriz de Freitas Moreira e Carmen T. S. Costa
Projeto gráfico: Andrés Sandoval e Silvia Amstalden

1ª edição, Editora Globo, 2008
5ª reimpressão, 2023

Dados Internacionais de Catalogação na Publicação (CIP)
(Câmara Brasileira do Livro, SP, Brasil)

Histórias para ler sem pressa / Anônimo; traduzidas do árabe por Mamede Mustafa Jarouche; ilustrações Andrés Sandoval. -- São Paulo: Globo, 2008.

ISBN 978-85-250-4384-9

1. Contos árabes I. Sandoval, Andrés.

07-8965   CDD-892.73

Índices para catálogo sistemático:
1. Contos : Literatura árabe 892.73

Direitos de edição em língua portuguesa para o Brasil adquiridos por Editora Globo S.A.
Rua Marquês de Pombal, 25 — 20230-240 — Rio de Janeiro — RJ
www.globolivros.com.br

histórias para ler sem pressa

escolhidas e traduzidas do árabe
por **Mamede Mustafa Jarouche**

ilustrações de **Andrés Sandoval**

GLOBINHO

O poeta e o vendedor de melancias   11
O juiz e seu filho   12
O peregrino, o colar e o perfumista   13
Alquimia e farmácia   19
A moeda de ouro e seus filhotes   20
O gramático arrependido   21
Um asno singular   22
Um califa objetivo   22
Embaixadores assustados   23
Os asnos por testemunhas   24
O administrador justo   30
Um pão por mil moedas de ouro   30
Presentes forçados   31
O choro autorizado   32
Vizir austero e juiz ligeiro   39
Um roubo sinistro   39
Meu filho, enfim!   41
O que diz o peixe frito?   41
Questão jurídico-matemática   43
Os avarentos da região de Merv   44
Gasto de luz   49
Perfume caro não se desperdiça   50
Um avarento de palavra   50
Contra a intriga   52
Duas histórias de Juha, o sábio bobalhão   53
Sobre a fundação de Bagdá   54
O mercador desonesto   59
Prêmio pelo amor filial   61
Conversando por sinais   64
Um orador esquecido   71

O poeta e o vendedor de melancias

Disseram ao poeta Almutanabbi:

— As notícias sobre a sua avareza se espalharam por todo canto, tornando-se motivo de conversas noturnas entre muitos camaradas. Em suas poesias, porém, você louva a generosidade e seus praticantes, e censura a prática da avareza. Não foi você que disse em um de seus versos: "Há quem gaste seu tempo reunindo dinheiro, por medo à pobreza: essa atitude é que é pobre"? Todos sabem que a avareza é horrível, mas vinda de você é ainda pior, pois você afeta orgulho e graves desígnios, e busca ser rei. E a avareza é a negação disso tudo.

Almutanabbi respondeu:

— Minha avareza tem um motivo. Quando jovem, mudei-me de Kufa para Bagdá e aqui cheguei com cinco moedas de prata enroladas em um lenço. Pus-me a caminhar pelas ruas da cidade e passei por uma frutaria na qual vi cinco melancias fresquinhas. Gostei muito delas e, querendo comprá-las com minhas moedas, dirigi-me ao fruteiro perguntando: "Por quanto você está vendendo estas cinco melancias?". Ele respondeu com indiferença: "Vá embora, isto não é para você comer". Avancei para ele e insisti: "Fulano, deixe de me irritar e diga o preço!". Ele respondeu: "Dez moedas de prata". Fiquei tão chocado que não consegui pechinchar. Parei perplexo e lhe ofereci as cinco moedas, mas ele não aceitou. Então, passou um velho mercador que fechara a loja e agora ia para casa. O fruteiro correu até o homem, rogou a Deus por ele e disse: "Meu amo, tenho aqui melancias frescas. O senhor me autoriza a carregá-las para a sua casa?". O velho respondeu: "Ai de ti! Quanto custam?". Respondeu: "Cinco moedas de prata". O homem retrucou: "Pago duas moedas", e por duas moedas de prata o fruteiro vendeu as cinco melancias ao mercador, carregou-as até a sua casa, rogou a Deus por ele e, tendo feito aquilo, retornou feliz para a frutaria. Perguntei-lhe: "Fulano, nunca vi nada mais espantoso do que a sua estupidez. Você exigiu de mim um valor bem alto pelas melancias, mas depois fez o que fez! Eu havia lhe oferecido cinco moedas pelas melancias, e você as vendeu por duas, e as carregou até a casa do homem!". Ele respondeu: "Cale-se! Esse homem possui cem mil moedas de ouro!". Aprendi então que os homens não dignificam senão quem eles suponham ter cem mil moedas de ouro. E eu permanecerei da maneira que você está vendo até ouvir as pessoas dizerem que Almutanabbi possui cem mil moedas de ouro.

O juiz e seu filho

Conta-se que um filho do juiz Xurayh lhe disse:
— Existe uma disputa entre mim e um grupo de pessoas. Quero que você estude a questão: se a lei estiver a meu favor, irei processá-los; caso contrário, não o farei.

E lhe contou o caso. O juiz disse:
— Vá e processe-os.

E o filho abriu um processo contra aquelas pessoas. Então, o juiz Xurayh julgou contra o filho! Este lhe perguntou quando voltaram para casa:
— Por Deus eu não o censuraria se antes não lhe houvesse pedido conselho. Você me expôs a um vexame!

Xurayh respondeu:
— Meu filho, eu o amo mais do que um milhão deles. Mas, acima de você, eu prezo a Deus. Tive medo de que, informando-o de que a decisão lhe seria contrária, você tentasse fazer com aqueles homens algum acordo que causasse prejuízo a eles.

O peregrino, o colar e o perfumista

Em seu caminho para Meca, um peregrino passou por Bagdá, e ali, com muito esforço, tentou vender um colar seu que valia mil moedas de ouro. Não tendo encontrado comprador, foi até um perfumista de quem diziam ser um homem de bem e com ele deixou o colar. Então fez a peregrinação a Meca e retornou. Com um presente, foi até o perfumista, que lhe perguntou:

— Quem é você? E o que é isso?

Ele respondeu:

— Sou o dono do colar deixado com você.

O peregrino nem bem terminou de falar e o perfumista lhe deu um pontapé que o atirou para fora da loja e lhe disse:

— Como você faz semelhante alegação contra mim?

As pessoas se aglomeraram por ali e disseram ao peregrino:

— Ai de ti! Este é um homem de bem! Você não encontrou outra pessoa contra a qual fazer alegações?

Perplexo, o homem insistiu em falar com o perfumista, que não fez senão aumentar as ofensas e agressões. Disseram-lhe então:

— Seria bom que você fosse ao sultão 'Ûdud Addawla. Ele tem bons métodos para resolver estas coisas.

O peregrino escreveu a história e foi levar o papel a 'Ûdud Addawla. Ao lê-lo, o sultão gritou chamando-o, e o peregrino se apresentou. Perguntou sobre o que ocorrera, e o peregrino lhe relatou o caso. 'Ûdud Addawla disse:

— Vá até o perfumista amanhã pela manhã e sente-se no banco diante de sua loja. Se ele expulsá-lo, sente-se no banco do outro lado da rua, e ali permaneça desde o amanhecer até o entardecer. Não lhe dirija a palavra. Repita essa ação por três dias. No quarto dia, eu passarei por ali, pararei e cumprimentarei você. Não fique de pé para mim nem faça mais do que responder à minha saudação e às perguntas que eu lhe dirigir.

E assim o peregrino foi até o perfumista, que o impediu de sentar-se no banco em frente da loja. Durante os três dias seguintes, ele se sentou no banco do outro lado da rua. No quarto dia, 'Ûdud Addawla passou por ali com seu magnífico cortejo e, ao avistar o peregrino, parou e disse:

— Que a paz esteja convosco!

Sem se movimentar, o peregrino respondeu:

— Convosco esteja a paz!

'Ûdud Addawla perguntou:

— Meu irmão, você vem até Bagdá e não vai nos visitar nem nos dizer quais são as suas necessidades?

O peregrino respondeu:

— Assim foi!

E não esticou a conversa, por mais que o sultão perguntasse e demonstrasse preocupação. Ele parara, e com ele todos os soldados do seu cortejo. O perfumista quase desmaiou de medo. Quando o cortejo se retirou, o perfumista se voltou para o peregrino e perguntou:

— Ai de ti! Quando você deixou o colar comigo? Em que estava enrolado? Ajude-me a recordar, quem sabe assim eu me lembro!

O peregrino disse:

— As características do colar eram tais e tais.

O perfumista começou a vasculhar tudo. Esbarrou em uma jarra que havia na loja e o colar caiu de cima dela. Então ele disse:

— Eu tinha me esquecido. E se agora você não me tivesse feito recordar, eu não teria lembrado!

Alquimia e farmácia

Certo dia, o califa Alma'mún disse ao alquimista Yúçuf:
— Ai de ti, Yúçuf! A alquimia não serve para nada!
Ele respondeu:
— Serve sim, ó comandante dos crentes! O problema é que a desgraça da alquimia é a farmácia.
O califa perguntou:
— Ai de ti! E como é isso?
Yúçuf respondeu:
— Quando se pede alguma coisa aos farmacêuticos, eles afirmam que a têm, mesmo que não tenham, e empurram qualquer outra coisa de que disponham dizendo: "Eis aqui o que você pediu". Se o comandante dos crentes quiser, poderá criar um nome qualquer e mandar pessoas a vários farmacêuticos para comprá-lo.
O califa respondeu:
— Já forjei um nome, *saqtitha*.

Saqtitha é o nome de um vilarejo desconhecido nas cercanias de Bagdá. Alma'mún mandou um grupo de emissários à procura de *saqtitha* junto a vários farmacêuticos. Todos eles afirmaram possuir o produto e, cobrando o preço dos emissários, entregavam-lhes algo de que dispunham em seus estabelecimentos. Os emissários retornaram ao califa carregando coisas tão diversas entre si como sementes, pedaços de pedra e pelos.

A moeda de ouro e seus filhotes

Ax'ab contou:

Uma serva me trouxe uma moeda de ouro e disse:
— Quero deixá-la guardada com o senhor.

E colocou-a entre as dobras do colchão. Depois de alguns dias voltou e disse:
— Ó quem me é tão caro como meu pai! Quero a minha moeda de ouro.

Respondi:
— Erga o meu colchão e leve o filhote da moeda, pois ela deu à luz!

Eu deixara, ao lado da moeda de ouro, uma moeda de prata. Ela recolheu a moeda de prata e deixou a de ouro. Depois de alguns dias, retornou e encontrou mais uma moeda de prata ao lado da de ouro, e levou-a; voltou uma terceira vez, e foi a mesma coisa. Quando ela veio pela quarta vez, comecei a chorar. A serva perguntou:
— O que o faz chorar?

Respondi:
— Sua moeda de ouro morreu de hemorragia pós-parto!

Ela perguntou:
— E como pode uma moeda de ouro ter hemorragia pós-parto?

Respondi:
— Ó desavergonhada! Você acredita que uma moeda de ouro dá à luz e não acredita que possa ter hemorragia?

O gramático arrependido

Vivia na cidade de Sijistán um senhor que estudava gramática. Certo dia, ele disse ao filho:

— Sempre que você quiser falar alguma coisa, consulte antes a sua inteligência, pense a respeito com muito cuidado a fim de retificar a frase e somente então pronuncie as palavras, corretas e muito bem medidas.

Então, certo dia de inverno, enquanto ambos estavam sentados juntos diante de uma fogueira crepitante, uma brasa caiu no manto de seda com o qual o pai se cobria; ele estava distraído, mas o filho, que viu o ocorrido, calou-se por alguns instantes, pensativo, e depois disse:

— Papai, quero dizer uma coisa; o senhor me autoriza?

O pai respondeu:

— Se for verdade, fale.

O filho disse:

— Creio que seja verdade.

O pai disse:

— Fale.

O menino disse:

— Vejo algo vermelho.

O pai perguntou:

— O que é?

O menino respondeu:

— Uma brasa que caiu em seu manto!

Então o pai olhou para o manto, do qual uma parte já se queimara. Perguntou ao filho:

— E por que não me falou depressa?

O menino respondeu:

— Refleti a respeito como o senhor ordenou, em seguida retifiquei as palavras, e só então as pronunciei!

O pai jurou solenemente que nunca mais falaria sobre gramática.

Um asno singular

Hâytham bin 'Uday contou o seguinte:

Eu estava no depósito de lixo da cidade de Kufa quando um cego parou diante de um vendedor de montarias e lhe disse:

— Venda-me um asno que não seja tão pequeno que se despreze, nem tão grande que se destaque; se o caminho estiver livre, que avance com velocidade; se congestionado, que se desvie com destreza; se eu lhe der pouca ração, que tenha paciência, mas, se eu lhe der muita, que seja agradecido; se for montado por mim, que deslanche; se por outrem, que durma.

O vendedor lhe respondeu:

— Tenha paciência, ó servo de Deus: quando Deus transformar o juiz da cidade em asno, seu pedido será então atendido, se Deus quiser!

Um califa objetivo

O califa 'Abdurrahman se isolou por muitos anos, em Córdoba, do convívio com as pessoas, dedicando-se apenas a comer, beber, divertir-se e ouvir música. Então, em segredo, aproximou-se do califa um homem que gozava de liberdade com ele e lhe disse:

— Ó comandante dos crentes, por causa dos divertimentos você descuidou de suas obrigações relativas aos muçulmanos e o que eles lhe confiaram, como observar seus interesses e cuidar do direito de Deus entre eles.

O califa perguntou:

— Ó fulano, os caminhos do país estão seguros?

O homem respondeu:

— Sim.

O califa perguntou:

— O juiz de vocês é justo?

O homem respondeu:

— Sim.

O califa perguntou:

— O inimigo de vocês foi vencido?

O homem respondeu:

— Sim.

O califa então perguntou:

— E o que mais vocês querem de mim, afinal?

Embaixadores assustados

Certo dia, alguns embaixadores cristãos foram negociar com o califa 'Abdurrahman em Córdoba. O califa lhes exibiu então coisas que os aterrorizaram: estendeu-lhes um tapete com o comprimento de seis quilômetros, que ia desde os portões da cidade até os portões de seu palácio em Azzahrá, e colocou, à direita e à esquerda do caminho que os embaixadores trilhavam, fileiras de homens carregando longas e espessas espadas desembainhadas; as espadas se tocavam pelos dois lados, formando algo semelhante às abóbadas. Determinou que os embaixadores caminhassem no meio daquilo, à sua sombra, como se fosse um túnel, e então o medo que os atingiu só pode ser avaliado por Deus altíssimo. Quando chegaram ao portão de Azzahrá, estendeu-lhes uma tela de seda com gravuras desde a entrada até o seu trono, tudo daquele modo assustador. Colocou em locais específicos do palácio empregados que pareciam reis sentados em cadeiras cheias de adornos e vestidos de seda. A cada empregado por que passavam, os embaixadores se inclinavam, na suposição de que fosse o califa, e então lhes era dito:

— Ergam suas cabeças, este é apenas um dos seus serviçais.

Finalmente, chegaram a um pátio com chão de areia. O califa estava sentado em seu centro, no chão, cabisbaixo; diante dele havia um Alcorão, uma espada e uma fogueira. Disseram enfim aos embaixadores:

— Este é o sultão.

Eles se prosternaram e, antes que pronunciassem uma só palavra, o califa ergueu a cabeça e lhes disse:

— Deus nos ordenou, fulanos, que os convidássemos a isto — e apontou para o Alcorão — e, se vocês recusarem, ordenou que os combatamos com isto — e apontou para a espada — e o fim de vocês quando os matarmos será isto — e apontou para o fogo.

Então os embaixadores se encheram de pavor. O califa ordenou sua retirada sem que tivessem pronunciado uma única palavra, e eles fizeram o acordo da maneira que ele bem quis. É assim que se fortalece a religião de Deus, e não de qualquer outra maneira.

Os asnos por testemunhas

Havia em Meca um homem cuja atividade era promover encontros entre homens e mulheres e levar-lhes bebida. Foi denunciado ao delegado da cidade, que o expulsou para o monte Arafat. Então ele construiu sua casa naquele monte e enviou a seguinte mensagem para seus amigos:

— O que os impede de continuar fazendo o que fazíamos antes?

Eles responderam:

— Como ir até você, se está no monte Arafat?

Ele respondeu:

— Basta alugar um asno por uma moeda de prata e vocês chegarão aqui em segurança e passearão.

Eles assim agiram: passaram a servir-se de asnos para ir até lá, e tanta gente foi que a juventude de Meca começou a se corromper. Então, os pais tornaram a se queixar ao governador da cidade, que mandou recolher o homem. Diante do governador, ele disse:

— Todos mentem contra mim, que Deus melhore o comandante!

Disseram:

— Para provar o que dizemos, basta reunir os asnos de Meca e levá-los acompanhados de fiscais até o monte Arafat; lá, basta soltá-los e todos os asnos se dirigirão à casa dele, conforme se tornou o seu hábito quando são montados pelos desavergonhados! Isso provará que não estamos mentindo.

O governador disse:

— Eis aí uma prova e um testemunho justos.

E ordenou que os asnos de aluguel da cidade fossem reunidos e soltos no monte Arafat. Todos foram diretamente para a casa do homem, sem que ninguém os conduzisse. Os fiscais avisaram o governador do fato, e ele disse:

— Não é preciso mais nada. Dispam-no para ser chicoteado!

Quando viu o carrasco, o homem perguntou ao governador:

— Que Deus lhe dê prosperidade! É mesmo necessário que eu seja chicoteado?

O governador respondeu:

— Sim!

O homem disse:

— Por Deus que o que mais me dói é que o povo do Iraque zombe de nós e ria às nossas custas dizendo: o povo de Meca considera lícito o testemunho dos asnos!

Então o governador riu e o libertou.

O administrador justo

Os moradores de certa cidadezinha foram se queixar do administrador que o califa Alma'mún nomeara. O califa objetou:

— Vocês estão mentindo contra ele. Já me foi confirmado que ele é justo com vocês e só lhes faz o bem.

Um dos moradores respondeu:

— Ó comandante dos crentes! Qual o motivo de mostrar tanto amor por nós e desprezar o restante dos seus súditos? Já faz cinco anos que esse administrador nos dá a sua justiça! Transfira-o para outras cidades a fim de que essa justiça possa alcançar todos. Assim, todos poderão ter a mesma satisfação que nós.

Então o califa riu e demitiu o administrador.

Um pão por mil moedas de ouro

No Cairo, nos tempos do califa fatímida Almustansir, aconteceu uma carestia tão abominável que sua simples menção se tornou atroz. Durou sete anos, e seus motivos foram a fraqueza do poder estabelecido, a desordem na situação geral do reino, o predomínio de prepostos nas questões de Estado, as contínuas rebeliões entre os beduínos e o refluxo do Nilo. A fome grassou em razão da falta de comida, a tal ponto que a medida de trigo passou a custar oitenta moedas de ouro. [...] A ocorrência mais estranha foi a de uma mulher de alta condição que, recolhendo um de seus colares no valor de mil moedas de ouro, foi oferecê-lo em troca de trigo. Ela só ouviu recusas até que um homem se apiedou dela e trocou o colar por um saco de trigo. Ao receber o saco, a mulher deu parte do trigo a um homem para que ele carregasse a compra e a protegesse dos ladrões no caminho. Quando chegou ao bairro de Bab Zuayla, recolheu o saco de trigo das mãos do homem e caminhou um pouco, quando então as pessoas se aglomeraram em torno dela e a roubaram. A mulher, agindo como elas, saiu apenas com o trigo que pôde carregar nas palmas das mãos. Com esse tanto que lhe sobrou, assou uma torta, pegou-a e se dirigiu a uma das portas do palácio do califa. Parou em um ponto elevado, ergueu a torta com as mãos de modo que todos a vissem e começou a gritar a alta voz:

— Ó povo do Cairo! Roguem pelo nosso senhor, o califa Almustansir, em cujo governo Deus deu tanta felicidade aos homens que esta torta me custou mil moedas de ouro!

Presentes forçados

Certo dia, o vizir barmécida Yahya bin Khálid (cuja família desfrutou de grande poder, mas que mais tarde caiu em desgraça) saiu numa cavalgada junto com o califa Harun Arraxíd. No caminho, o califa viu alguns fardos no chão e perguntou o que eram. Os criados responderam-lhe:

— São presentes da província de Khurrassan. Foram-lhe enviados pelo atual governador, Ali bin Issa bin Mahan.

Esse governador fora nomeado pelo califa para suceder ao ex-governador Alfadl, filho de Yahya bin Khálid. Então o califa perguntou a Yahya:

— Onde estavam estes fardos durante o governo do seu filho?

Yahya respondeu:

— Estavam na casa de seus proprietários.

O califa enrubesceu e se calou.

O choro autorizado

Conta-se que quando Arraxíd se voltou contra os barmécidas e os eliminou todos, proibiu os poetas de fazerem poesias que chorassem essa família, e ordenou que se vigiasse o cumprimento dessa ordem. Então um vigia, passando por algumas ruínas, viu certo homem com uma poesia que lamentava os barmécidas. O homem recitava a poesia e chorava. O vigia o prendeu e o levou ao palácio do califa Arraxíd, a quem descreveu a cena. O califa determinou que aquele homem fosse conduzido à sua presença, questionou-o a respeito e o homem confessou.

Arraxíd lhe perguntou:

— Você por acaso não ouviu que eu proibi que eles fossem lamentados? Agora, de fato, irei puni-lo e castigá-lo severamente.

O homem respondeu:

— Ó comandante dos crentes, se você me autorizar, eu lhe contarei a história que me levou a fazer isso. Depois, aja conforme melhor lhe parecer.

O califa respondeu:

— Fale.

O homem então contou a sua história.

— Eu era o mais jovem e humilde dos escribas do vizir barmécida Yahya bin Khálid. Certo dia, ele me disse:

— Eu gostaria que você me recepcionasse em sua casa um dia desses.

Respondi:

— Estou aquém disso, meu amo. Minha casa não serve para tanto!

Ele respondeu:

— É absolutamente imperioso que você me receba em sua casa!

Eu disse:

— Se for mesmo absolutamente imperioso, dê-me um prazo para que eu melhore a minha situação e possa arrumar a casa; depois disso, aja conforme melhor lhe parecer.

Ele perguntou:

— Prazo de quanto?

Respondi:

— Um ano.

Ele disse:

— É muito.

Eu disse:

— Alguns meses.

Ele disse:

— Sim.

Comecei então a arrumar a casa para deixá-la em condições de receber a visita. Quando as condições estavam prontas, informei o vizir a respeito. Ele me disse:

— Amanhã estaremos em sua casa.

Fui então ajeitar a comida e a bebida que fossem necessárias. O vizir apareceu no dia seguinte com seus filhos Jâ'far e Alfadl e um pequeno grupo de seus particulares seguidores. Desmontou de sua montaria, bem como seus filhos Jâ'far e Alfadl, e me disse:

— Fulano, estou com fome. Rápido, traga alguma coisa!

Seu filho Alfadl me disse:

— O vizir aprecia galetos assados; traga rápido o que estiver preparado.

Entrei e arranjei alguns galetos, e o vizir e seus acompanhantes comeram. Em seguida, começou a passear pela casa e me disse:

— Abra toda a sua casa para nós, fulano!

Respondi:

— Meu amo, esta é a minha casa. Não tenho outra.

Ele me disse:

— Nada disso, você tem outra!

Respondi:

— Por Deus que não possuo senão esta casa.

Ele disse:

— Tragam-me um pedreiro!

Quando o pedreiro se apresentou, ele lhe disse:

— Abra uma porta nesta parede.

O pedreiro foi cumprir a sua ordem. Eu disse:

— Meu amo, como pode ser correto abrir uma porta para as casas dos vizinhos? Deus não recomendou que se tratasse bem o vizinho?

Ele respondeu:

— Não haverá problema nisso.

A porta foi aberta na parede. O vizir e seus filhos entraram por ela, e eu entrei junto. A porta dava para um belo jardim repleto de árvores, em meio ao qual a água escorria. Havia nele aposentos e cômodos que extasiariam quem quer que os observasse; também continha móveis, colchões, criados e criadas, tudo formoso e estupendo. Ele disse:

— Esta moradia e tudo quanto ela contém lhe pertence.

Beijei-lhe então as mãos e roguei por ele. Averiguei depois a história e descobri que, desde o dia em que me falara do convite, ele enviara emissários para comprar as propriedades vizinhas a mim, mandando construir aquela bela residência e dotando-a de tudo, sem o meu conhecimento. Eu vira a construção, mas supusera que pertencesse a algum vizinho. O vizir disse ao seu filho Jâ'far:

— Meu filho, eis aqui uma casa com crianças. De onde provirá seu sustento?

Jâ'far respondeu:

— Eu lhe concedo os rendimentos da vila tal e tal com tudo quanto ela contém, e lavrarei um documento a respeito.

Então o vizir se voltou para o seu filho Alfadl e lhe disse:

— Meu filho, a partir de agora até o momento em que a vila começar a render, de onde ele irá tirar recursos para gastar?

Alfadl respondeu:

— Por minha conta, terá dez mil dinares que trarei para ele.

O vizir disse aos dois:

— Providenciem rapidamente o que disseram.

O jovem continuou contando ao califa:

— Jâ'far registrou a vila em meu nome e Alfadl me trouxe o dinheiro. Enriqueci e minha condição se elevou; depois disso, ganhei muito dinheiro, sobre o qual eu me revolvo até hoje. Por Deus, ó comandante dos crentes, não perco nenhuma oportunidade de louvá-los e rogar por eles, em reconhecimento pela generosidade que tiveram para comigo, já que não poderei retribuir-lhes à altura. Se for me matar por isso, faça como melhor lhe parecer.

Harun Arraxíd se enterneceu com aquilo, libertou o homem e autorizou, a quem quisesse, lamentar os barmécidas com poesias.

Vizir austero e juiz ligeiro

O vizir Ali bin 'Iça era austero e rigoroso, e gostava de demonstrar sua superioridade nesses quesitos sobre todos os demais. Certo dia, foi entrevistar-se com ele o juiz Abu Umar, que trajava uma túnica opulenta. Pretendendo constrangê-lo, o vizir perguntou:

— Ó Abu Umar! Quanto pagou por essa túnica?

O juiz respondeu:

— Duzentas moedas de ouro.

O vizir disse:

— Mas eu comprei esta capa e esta túnica que está por baixo dela por vinte moedas de ouro.

O juiz Abu Umar respondeu rapidamente, como se já tivesse planejado a resposta:

— O vizir — que Deus o fortaleça! — embeleza as roupas que usa, não necessitando de excessos no vestir. Todos sabem que ele tem condições de desprezar essas coisas. Nós, porém, nos embelezamos com as roupas e necessitamos de excesso, uma vez que nos envolvemos com o populacho e com pessoas a quem devemos muito respeito, e diante das quais devemos manter a compostura.

Foi como se ele tivesse enfiado pedras na boca do vizir, que o deixou em paz.

Um roubo sinistro

Quando o exército do califa Almu'tádid derrotou as tropas do revoltoso Harun Axxári, montaram-se tendas em Bagdá e se enfeitaram as estradas para comemorar o evento. Multidões se aglomeraram pelas pontes da cidade sobre o rio Tigre, e a mais elevada das pontes desabou, caindo sobre um navio cheio de gente que cruzava o rio. Cerca de mil pessoas morreram afogadas naquele dia. Os corpos foram retirados do rio por meio de ganchos e nadadores. Os lamentos se elevaram e os gritos de desespero se avolumaram nas duas margens.

Enquanto as pessoas estavam em tal tristeza, um nadador veio à tona com o cadáver de um menino que usava ricas joias de ouro e pedras preciosas. Ao vê-lo, um velhote que estava ali presente começou a dar tapas no próprio rosto, até que seu nariz sangrou. Depois, esfregou-se na terra e gritou:

— Meu filho! Como você pode ter morrido se foi retirado ainda inteiro e os peixes ainda não o devoraram? Quem me dera, meu querido, eu tivesse regalado meus olhos com você antes de sua morte!

E, recolhendo-o, colocou-o sobre o lombo de um burro e se retirou.

O grupo que presenciara a cena do velhote ainda não tinha se recuperado da comoção quando apareceu um homem notório por sua riqueza e conhecido entre os mercadores da cidade. Assim que fora avisado sobre a retirada do menino, acorrera, certo de que o cadáver ainda se encontrava ali, sem se importar com as joias e roupas que trajava; tudo o que pretendia era amortalhar o filho, fazer as preces por ele e enterrá-lo. Quando ele chegou, porém, informaram-no do sucedido. Ele e os mercadores que o acompanhavam ficaram espantados e aparvalhados. Perguntaram sobre o velhote espertalhão, procuraram-no, mas dele não encontraram nenhum vestígio.

Meu filho, enfim!

Eis aqui uma história bonita, insólita e edificante: conta-se que o califa Harun Arraxíd tinha um filho chamado 'Abbás, cuja pele era bastante escura. Por esse motivo, o califa não lhe dava uma posição adequada nem o estimava como ao restante de seus filhos. Ocorreu então que, durante o governo desse califa, um homem idiota alegou ser profeta. A história chegou ao califa, que mandou trazer aquele miserável à sua presença e começou a adverti-lo e censurá-lo. Todos os filhos de Arraxíd estavam enfileirados diante dele, inclusive o escuro 'Abbás, que na época não tinha mais de dez anos. O infeliz que alegava ser profeta recusou as advertências do califa e quis persistir no mau caminho, e então o califa ordenou que ele fosse chicoteado. Quando a primeira chicotada lhe atingiu o corpo, o homem começou a se agitar, tremer, levantar e sentar. O pequeno 'Abbás lhe disse:

— Se você for de fato profeta, conforme alega, resista tal como resistiram os profetas mais arrojados!

O califa se entusiasmou com essa fala, que lhe pareceu alvissareira e nobilitante, e disse:

— Por Deus que é meu filho!

E então cresceu a sua consideração pelo menino, passando a tratá-lo com deferência e lhe concedendo uma posição adequada às pessoas de sua condição.

O que diz o peixe frito?

Um dos meus mestres me contou o seguinte: costumávamos frequentar a casa do sábio fulano de tal, de quem éramos alunos. Quando chegávamos, ele nos perguntava:

— Onde vocês estavam?

Respondíamos:

— No lugar tal e tal.

Certo dia ele nos perguntou:

— Vocês passaram pelo mercado?

Respondemos:

— Sim.

Perguntou:

— E o que viram por lá?

Respondemos:

— Vimos muitas coisas. Entre elas, o melhor peixe frito de nossas vidas.

Perguntou:

— E o que ele lhes disse?

Dissemos:

— Louvado seja Deus! E por acaso um peixe morto e frito fala?

Ele disse:

— A Deus pertencemos e a ele retornaremos! Vocês alegam ser hábeis estudiosos, mas as coisas lhes falam e vocês não as entendem!

Dissemos:

— Explique-nos então — que Deus tenha piedade de você —, pois não compreendemos isso.

O mestre disse:

— Pois não. Aquele peixe lhes disse: "Ó gente! Olhem para mim e reflitam, pois em mim há lições para reflexão. Estava eu na água, nadando alegremente, quando ví uma isca ali jogada; engoli-a sem averiguar o que ela continha, e eis que em seu interior havia um anzol de pesca que dilacerou o meu flanco, como estão vendo". Foi isso que o peixe lhes disse. Ainda que não lhes tenha falado por meio de diálogo, ele lhes falou por meio da lição nele contida.

Quantos bocados vocês comem diariamente sem averiguar o que contêm!

Eis aí o sentido das palavras do meu mestre, que Deus se apiede da alma de todos vocês.

Questão jurídico-matemática

Conta-se que dois companheiros sentaram-se para almoçar; um deles tinha cinco pães e o outro, três. Quando a mesa já estava servida diante deles, passou um outro homem que os cumprimentou. Disseram-lhe:

— Sente-se para almoçar conosco.

O homem se acomodou e almoçou com ambos; na refeição, os três homens consumiram os oito pães. Antes de ir embora, o homem lhes deixou oito moedas dizendo:

— Tomem isso como paga pelo que comi.

Os dois companheiros se puseram então a discutir pelo dinheiro. O que tinha cinco pães disse:

— Cinco moedas são minhas e três são suas.

O que tinha três pães objetou:

— Só aceito que as moedas sejam divididas igualmente entre nós.

Então ambos foram se queixar ao califa Ali bin Abi Tálib, a quem relataram o caso. O califa disse ao homem que tinha três pães:

— O seu companheiro já lhe fez uma oferta. Ele tinha mais pães que você. Aceite as três moedas.

O homem respondeu:

— Por Deus que não aceitarei senão o que é justo!

O califa Ali, que Deus esteja satisfeito com ele, disse:

— Conforme a justiça, você só tem direito a uma única moeda, e seu companheiro, a sete.

O homem disse:

— Louvado seja Deus! Ele me ofereceu três e não aceitei; você me aconselhou a aceitar a oferta dele e não aceitei. E agora você me diz que, conforme a justiça, só tenho uma única moeda a receber? Explique-me essa justiça e então aceitarei.

Ali, que Deus esteja satisfeito com ele, respondeu:

— Não é fato que os oito pães formavam vinte e quatro terças partes que vocês comeram? Vocês eram três e, como não se sabe quem comeu mais ou menos, vamos considerar que os três comeram porções iguais.

O homem respondeu:

— Sim.

O califa continuou:

— Assim, você comeu oito terças partes e era proprietário de nove terças partes; seu companheiro comeu oito terças partes e era proprietário de quinze terças partes. Portanto, do seu companheiro restaram sete terças partes e de você restou uma terça parte. O homem comeu uma de suas terças partes e sete das de seu companheiro. Você tem direito a uma moeda e ele, a sete.

O homem disse:

— Já estou convencido.

Os avarentos da região de Merv

Disse Thumáma:

— Em qualquer país, os galos são sempre ciscadores que recolhem o grão com o bico e o lançam diante da galinha. A exceção é constituída pelos galos de Merv, os quais eu vi roubando, com os bicos, os grãos das galinhas. Ao ver isso, percebi que a avareza daquele povo é algo

inerente àquela terra e à sua própria água, que depois contaminou todos os seus animais.

Conversei sobre a avareza da gente de Merv com Ahmad bin Raxíd, que me disse:

— Eu estava na casa de um velho de Merv. Um de seus filhos pequenos brincava diante dele. Então eu disse ao menino, um pouco brincando e um pouco testando: "Dê-me do seu pão", e ele respondeu: "Você não haverá de o querer, pois é amargo". Continuei: "Então, dê-me de sua água", e ele respondeu: "Você não haverá de a querer, pois é salobra". Comecei a pedir-lhe outras coisas, e a tudo ele objetava dizendo: "Você não haverá de querer, pois tem os defeitos tais e tais". A quaisquer coisas ele fazia objeções, procurando torná-las detestáveis para mim. Então seu pai riu e me disse: "Qual é a nossa culpa? Foi isso o que o ensinou, isso o que você está ouvindo". O homem quis dizer que a avareza é um instinto naquele povo, e faz parte de sua origem e constituição.

Gasto de luz

Colegas nossos contaram que um grupo de moradores da região de Khurrassan reuniu-se em uma casa, evitando usar lampião até quando foi possível. Quando escureceu, ajuntaram dinheiro entre si para comprar um lampião, mas entraram em discussão porque um deles se negou a participar da cotização. Então, quando o lampião foi trazido e aceso, vendaram com um pano os olhos do homem que não participou e assim o deixaram até a hora de dormir, quando então apagaram o lampião e lhe retiraram a venda dos olhos.

Perfume caro não se desperdiça

Nunca vi alguém tão avarento quanto Abu Jâ'far Attarçúci: ele visitou algumas pessoas que o dignificaram e lhe passaram nos bigodes um perfume muito caro. Mas Abu Jâ'far sentiu uma coceira no lábio superior e então enfiou o dedo na boca e coçou o lábio pelo lado de dentro, com medo de que seu dedo, se coçasse o lábio pelo lado de fora, desperdiçasse um pouco daquele valioso perfume. Essas coisas, e outras semelhantes, ficam muito mais saborosas caso você as veja com seus próprios olhos, pois a escrita não retrata todas as coisas nem revela suas essências, limites e verdades.

Um avarento de palavra

O famoso escriba Abdalláh bin Almuqaffa' contou a alguns amigos nossos:

Bin Juzám Axxábi costumava ir conversar comigo, e às vezes me acompanhava até minha casa, ali permanecendo até que o dia refrescasse. Eu o conhecia pela grande avareza e enorme riqueza. Certa vez, insistiu comigo para que eu lhe retribuísse as visitas, e eu me empenhei em recusar a oferta. Então ele disse:

— Seja eu o seu resgate! Por acaso você supõe que eu sou daqueles que têm gastos para recepcionar quem os visita e está com pena de mim? Não, por Deus! A refeição não passará de umas migalhas secas, sal e água na jarra!

Imaginei então que ele pretendia cativar-me e diminuir, aos meus olhos, os encargos que teria. Pensei: isso é semelhante a alguém que diz: "Garoto, sirva-nos uma migalha" ou "Ofereça cinco tâmaras ao pedinte", querendo significar, no entanto, muito mais do que se está dizendo. Ademais, não me passava pela cabeça que qualquer pessoa insistisse em convidar alguém como eu para ir a um lugar distante, pois seu bairro ficava bem longe do meu, para depois oferecer-lhe migalhas e sal.

Quando eu já estava em sua casa, e ele colocara o prato de comida diante de mim, um mendigo parou à porta da casa e disse:

— Deem-me do que estão comendo e Deus lhes dará do alimento do paraíso.

Bin Juzám respondeu-lhe:

— Bendito seja você.

O mendigo repetiu o que já dissera, e Bin Juzám também repetiu a resposta. Então o mendigo fez pela terceira vez o pedido, e Bin Juzám lhe respondeu:

— Ai de ti! Vá embora, pois já lhe foi respondido!

O mendigo disse:

— Deus seja louvado! Até hoje eu nunca tinha visto alguém que negasse um bocado, tendo comida diante de si!

Bin Juzám disse:

— Ai de ti! Vá embora! Caso contrário, juro que irei até aí e lhe quebrarei as pernas!

O mendigo disse:

— Deus, louvado seja, censura quem maltrata os mendigos e você diz que me quebrará as pernas?

Então eu disse ao mendigo:

— Vá embora e espaireça. Se você conhecesse a veracidade das palavras dele tal como eu conheço, não teria esperado nem um piscar de olhos depois do que ele lhe respondeu!

Contra a intriga

Todo aquele a quem se leva uma intriga dizendo-se "Fulano falou tal coisa de você" precisa de seis coisas. A primeira: não acreditar, pois o intrigante é um corruptor cujas notícias devem ser rechaçadas. A segunda: advertir o intrigante, aconselhá-lo, e criticar a sua atitude. A terceira: torná-lo detestável perante Deus altíssimo, porque o intrigante é de fato detestável perante Ele, e isso é uma obrigação. A quarta: não suspeitar de coisas ruins da pessoa que teria falado a respeito de si, pois no Alcorão se diz "Evitem o excesso de suspeitas". A quinta: que as coisas que lhe forem ditas não o levem a espionar e investigar para certificar-se delas, pois o Alcorão diz "Não espionem". A sexta, não aceitar para si aquilo que condenou no intrigante, e não falar sobre a sua intriga.

Conta-se que um homem fez intrigas sobre certa pessoa ao califa Umar bin Abdulaziz, que Deus esteja satisfeito com ele. O califa respondeu ao intrigante:

— Se você quiser, estudaremos o seu caso; se estiver mentindo, você estará englobado pelo seguinte versículo do Alcorão: "Caso um corruptor lhes traga alguma notícia, examinem-na", e, se estiver dizendo a verdade, você estará englobado pelo seguinte versículo do Alcorão: "Difamador e caluniador na maledicência". Mas, se você quiser, poderemos perdoá-lo.

O intrigante respondeu:

— Perdão, comandante dos crentes, jamais voltarei a fazer isso.

Certa pessoa enviou uma queixa ao vizir Sáhib Ibn Abbád, denunciando-lhe o roubo da herança de um órfão. Tratava-se de uma enorme herança. Então o vizir escreveu no verso da queixa: "A intriga é detestável ainda que verdadeira. Quanto ao morto, que Deus tenha dele misericórdia;

quanto ao órfão, que Deus lhe restitua os direitos; quanto à herança, que Deus a devolva; quanto ao denunciante, que Deus o amaldiçoe".

Duas histórias de Juha, o sábio bobalhão

Certo dia, Juha entrou em um moinho e se pôs a recolher o trigo dos outros e a colocá-lo em seu cesto. Disseram-lhe então:
— Por que você está fazendo isso?
Ele respondeu:
— Porque sou um estúpido.
Disseram-lhe:
— Já que você é estúpido, por que não põe seu trigo no cesto dos outros?
Ele respondeu:
— Nesse caso, eu seria dois estúpidos.
E, entre outras histórias sobre a estupidez de Juha, conta-se que certa vez um homem passou por ele e o encontrou escavando nas cercanias da cidade de Kufa. Perguntou-lhe:
— O que está fazendo, meu esperto amigo?
Juha respondeu:
— Enterrei moedas nesta região, mas não consigo localizar o local exato.
O homem lhe disse:
— Você deveria ter marcado o lugar por meio de algum sinal.
Juha respondeu:
— Mas eu fiz isso. Era uma nuvem que estava no céu sobre o local, mas agora tampouco estou vendo a nuvem.

Sobre a fundação de Bagdá

Conta-se que, no ano de 771,[1] o califa Almançúr enviou homens para procurar um local onde pudesse construir sua capital. Eles procuraram e reviraram tudo, mas o califa não aceitou nenhum dos locais apontados por eles. Finalmente, desmontou em um convento atrás de uma lagoa e disse:

— Este é um lugar que me satisfaz, pois é abastecido pelos rios Tigre e Eufrates e por esta lagoa.

Conta-se também que Almançúr mandou recrutar artesãos e trabalhadores da Síria, Mossul, Líbano, Kufa, Uácit e Basra. Quando eles chegaram, o califa ordenou que, dentre eles, fossem selecionados os de maior mérito, integridade, inteligência, lealdade e conhecimento da arquitetura. [...] Reunido o grupo, Almançúr determinou que se fizesse o desenho da cidade, que se lançassem seus alicerces, se produzissem adobes e tijolos, e então tais atividades tiveram início. Portanto, a construção da cidade começou no ano de 771.

Conta-se ainda que Almançúr, quando decidiu construir Bagdá, quis vislumbrar com seus próprios olhos como a cidade ficaria. Ordenou que se fizesse o desenho da cidade com cinzas, e se pôs como que a entrar por todas as portas, a passar por suas divisórias, janelas, espaços livres, estando a cidade traçada em cinzas. O califa circulou por ali olhando as cinzas e os fossos já escavados; ao terminar, ordenou que fossem colocadas sementes de algodão nos fossos, e que sobre as sementes se esparramasse betume. Ateou-se o fogo e, enquanto as chamas ardiam, ele pôde contemplá-la, entendendo e conhecendo seu traçado, com base no qual ele determinou que fossem lançados seus alicerces. Depois, iniciaram-se os trabalhos de construção da cidade.

O mercador desonesto

O homem inteligente deve acreditar nos desígnios e decretos de Deus, ser resoluto, só desejar para os outros aquilo que deseja para si próprio e não buscar benefício próprio mediante prejuízo alheio; se ele fizer isso, estará exposto a sofrer o mesmo que sofreu o mercador por parte de seu colega, e foi assim: conta-se que dois mercadores alugaram um armazém no qual depositavam suas mercadorias. Um deles, que morava nas proximidades do armazém, resolveu roubar os fardos do colega, e para tanto elaborou um ardil e pensou: "Se eu vier à noite, não terei certeza de estar carregando, sem saber, um dos meus próprios fardos ou pacotes. Se isso ocorrer, meu esforço e cansaço terão sido em vão". Então, ele pegou seu manto e o colocou sobre o fardo que havia resolvido roubar, e depois se retirou para casa. Logo em seguida o seu colega chegou para arrumar os fardos e encontrou o manto do sócio sobre seu fardo. Pensou: "Por Deus que este é o manto do meu sócio. Não suponho senão que ele o tenha esquecido. Portanto, não seria correto deixar o manto aqui, mas sim colocá-lo sobre os pacotes dele, pois talvez amanhã ele chegue antes de mim ao armazém, e então encontrará o manto em um lugar que o agradará". Pegou o manto e o colocou sobre um dos fardos do colega, fechou o armazém e foi para casa. Quando anoiteceu, o colega veio acompanhado de um homem com quem ele combinara sobre o que iria fazer, e a quem prometera uma recompensa pelo carregamento. Foi até o armazém no escuro e tateou à procura do manto, encontrando-o sobre o fardo. Então, arrastou aquele fardo e retirou-o do armazém com a ajuda do homem que contratara. Revezaram-no no carregamento até chegar à sua casa, completamente fatigado. Quando amanheceu, foi checar o que roubara e constatou que se tratava de um dos seus próprios fardos. Fortemente arrependido, ele se dirigiu ao armazém, onde encontrou o sócio, o qual, tendo chegado antes dele, já havia aberto o lugar. Ao dar falta do fardo do colega, porém, entristecera-se muito e pensara: "Ó desgraça de um bom companheiro que me confiou os seus bens e me deixou cuidar deles! Qual será o conceito que ele terá de mim? Não tenho dúvida de que ele me acusará pelo sumiço! Mas estou disposto a indenizá-lo". Quando o colega chegou, encontrou-o entristecido e perguntou-lhe como estava. Ele respondeu:

— Contei os fardos e dei pela falta de um dos seus, que não sei onde está. Não tenho dúvida de que você me acusará, mas estou disposto a indenizá-lo.

O homem respondeu:

— Não fique triste, meu irmão: a traição é o pior mal que o homem pode cometer. A trapaça e o embuste não produzem o bem, e quem os pratica está sempre iludido. Os danos provocados pela iniquidade não se voltam senão contra quem os pratica, e eu sou um dos que cometeram trapaças, embustes e ardis.

O colega lhe disse então:

— E como foi isso?

E o homem o informou e lhe contou toda a história. O colega respondeu:

— Seu caso é o mesmo que o do ladrão e do mercador.

O homem perguntou:

— E como foi isso?

O colega respondeu:

— É muito conhecida a história do mercador que possuía duas arcas, uma cheia de trigo e a outra, de ouro. Então, um ladrão espionou-o por algum tempo até que, certo dia, o comerciante distraiu-se e o ladrão, aproveitando-se disso, entrou na casa e se escondeu num canto. Mas, em vez de levar a arca que continha o ouro, acabou levando a que continha trigo, pois pensou que fosse a que continha ouro. Depois de grandes esforços, chegou à sua casa. Ao abrir a arca e ver o que continha, porém, arrependeu-se.

O traidor respondeu:

— Este caso não está longe do meu, nem a comparação é desmedida. Reconheço minha culpa e meu erro contra você. Eu gostaria muito que o reconhecimento fosse suficiente. É a baixeza da alma que ordena essas ações criminosas.

O colega aceitou as suas desculpas e evitou censuras e desconfianças. E o outro se arrependeu por ter sido flagrado em sua má ação e por ter exposto sua estupidez.

Prêmio pelo amor filial

Entre as histórias a respeito do profeta de Deus Salomão, filho de Davi, que a paz esteja sobre ambos, conta-se que ele disse:

— Certo dia, eu estava instalado no trono de meu reino, agradecendo a Deus pelo bem que me concedera, quando recebi a seguinte inspiração divina: "Vá até a praia tal e tal e ali você verá uma espantosa criação de Deus altíssimo". Saí então acompanhado de seres humanos, gênios, quadrúpedes, aves e outras criaturas. Quando cheguei à praia, olhei à direita e à esquerda, mas não vi nada. Ordenei então a um dos gênios:

— Mergulhe na água e me traga o que você encontrar.

O gênio mergulhou e, depois de uma hora, voltou dizendo:

— Ó profeta de Deus, eu desci até a profundidade tal e tal, mas não cheguei até o fundo nem vi nada.

Salomão, que a paz esteja com ele, disse a um outro gênio:

— Mergulhe na água e me traga o que você encontrar.

O segundo gênio mergulhou e, depois de duas horas, voltou dizendo o mesmo que dissera o primeiro gênio. Salomão, que a paz esteja com ele, ficou espantado com aquilo. O gênio disse:

— Ó profeta de Deus, mergulhei nesse mar o dobro da profundidade do primeiro gênio e não encontrei nada.

Salomão, que a paz esteja com ele, disse então a seu vizir Ácif bin Barkhiyya:

— Entre nessas águas e me traga o que contêm.

E Ácif mergulhou no mar por uma hora e retornou trazendo uma enorme abóbada de cânfora branca com quatro portas: a primeira de pérola, a segunda de rubi, a terceira de gema e a quarta de esmeralda. Embora todas as portas estivessem abertas, não entrara uma só gota de água na abóbada, que estava em um local muito profundo do mar. O vizir colocou a abóbada diante de Salomão, que a paz esteja com ele. Salomão examinou-a, e eis que em seu interior havia um belo jovem, de formosa juventude e roupas limpas. Estava rezando. Salomão entrou, cumprimentou-o e perguntou:

— Quem o depositou no fundo deste mar?

O jovem disse:

— Ó profeta de Deus, quer que eu lhe conte a minha história?

Salomão respondeu:

— Sim.

O jovem contou:

— Meu pai era paralítico e minha mãe, cega. Cuidei deles durante setenta anos. Quando estava para morrer, minha mãe rogou: "Ó Deus, prolongue a vida do meu filho para que ele possa obedecer-lhe". Meu pai, quando estava para morrer, rogou: "Ó Deus, coloque meu filho num local onde o demônio não consiga tentá-lo". Então Deus atendeu aos rogos de ambos: certo dia, saí a passeio e vim até esta praia, onde avistei esta abóbada; entrei para examinar o que havia dentro dela e então um anjo carregou-a e, como você está vendo, depositou-a no fundo deste mar, ó profeta de Deus.

Salomão perguntou:

— Em que tempo isso ocorreu?

Ele respondeu:

— Na época de Abraão, que a paz esteja com ele.

Então Salomão, que a paz esteja com ele, fez as contas conforme a data e constatou que isso acontecera havia 2.400 anos. Mas ele permanecera jovem e seus cabelos não haviam embranquecido. Espantado com aquilo, Salomão perguntou:

— O que você come e bebe neste mar?

Ele respondeu:

— Ó profeta de Deus, todo dia uma ave verde me traz, no bico, uma coisa amarela na forma de cabeça humana. Quando como aquilo, sinto o sabor de tudo o que é bom neste mundo, e a fome, a sede, o calor, o frio, o sono e a tristeza vão-se embora.

Salomão perguntou:

— Você gostaria de permanecer conosco ou voltar para onde estava?

Ele respondeu:

— Devolva-me ao meu lugar, ó profeta de Deus.

Salomão ordenou:

— Devolva-o para onde estava, Ácif.

E Ácif devolveu-o. Salomão disse:

— Vejam como Deus altíssimo atendeu ao rogo de seus pais. Por isso, evitem desobedecer a seus pais e entristecê-los, que Deus se apiede de vocês.

E então Salomão, que a paz esteja com ele, partiu dali admirado com tudo aquilo, mas Deus sabe mais.

Conversando por sinais

Certo monarca ouviu que um rei cristão seu vizinho planejava invadir suas terras e conquistar algumas de suas cidades. Resolveu então enviar um emissário a fim de propor-lhe um acordo. Consultou seus vizires, nobres e cavaleiros, indagando-os sobre quem enviar até o rei cristão. Cada um deles indicou-lhe algum de seus servidores, nobres e cavaleiros. Mas um dos vizires se calou. O rei lhe perguntou:

— Por que se cala?

Ele respondeu:

— Não acho que deva mandar nenhuma das pessoas mencionadas.

O rei perguntou:

— Quem você acha que deveríamos enviar?

O vizir respondeu:

— Fulano.

E citou um homem que não era importante nem conhecido por sua nobreza ou eloquência.

Demonstrando cólera, o rei respondeu:

— Por acaso você está querendo rir da minha cara?

O vizir observou:

— Deus me livre, meu senhor. Mas você pretende enviar alguém que, esperamos, retorne com a questão resolvida, não é isso?

O rei disse:

— É isso que pretendo.

O vizir continuou:

— Examinei o assunto, refleti a respeito, e verifiquei que somente aquele homem é adequado para a missão, pois você já o enviou na missão tal e tal e ele obteve sucesso, e na missão tal e tal e ele resolveu o problema. Estou pensando no sucesso, não em sua eloquência, nobreza ou bravura.

O rei respondeu:

— Você está certo.

E determinou que aquele homem fosse encarregado da missão e trazido à sua presença. Quando ele chegou, o rei ordenou que lhe fornecessem todo o necessário para a viagem. O homem recebeu as coisas e saiu em viagem. Informado de que chegaria um enviado do rei muçulmano, o rei cristão disse aos seus servidores:

— Esse enviado que está vindo para cá deve ser um dos maiorais dentre os muçulmanos. Quando chegar, tragam-no até mim antes de hospedá-lo. Se ele compreender o que lhe direi, vou hospedá-lo e satisfazer seu pedido. Mas se ele não compreender, não o hospedarei e vou devolvê-lo ao seu país sem satisfazer seu pedido.

Assim, quando o homem chegou, foi imediatamente levado ao rei. Após cumprimentá-lo, o rei cristão apontou o dedo para o céu, e o homem apontou o dedo para o céu e para a terra. Depois, o rei cristão apontou o dedo para o rosto do homem, e o homem apontou dois dedos para o rosto do rei. Depois, o rei cristão tirou uma azeitona que trazia debaixo de seu manto e mostrou-a ao homem, e o homem pegou um ovo e mostrou-o ao rei. Então o cristão ficou contente e determinou que o homem fosse hospedado e tratado com honrarias; em seguida, indagou-lhe os motivos de sua vinda, o homem respondeu, e o rei atendeu o seu pedido e o dispensou. Perguntaram depois ao rei cristão:

— O que você lhe disse para ele ter compreendido e ser atendido por você?

O rei cristão respondeu:

— Nunca vi ninguém mais entendido nem mais capaz. Apontei meu dedo para o céu querendo dizer-lhe: "Deus é único no céu", e ele apontou seu dedo para o céu e para a terra querendo dizer-me: "Deus está no céu e na terra"; depois, apontei meu dedo para o seu rosto querendo dizer-lhe: "Todos os homens que você está vendo têm uma só origem, que é Adão", e ele apontou para o meu rosto com dois dedos querendo dizer: "A origem dos homens é Adão e Eva"; depois, mostrei-lhe uma azeitona querendo dizer-lhe: "Veja como isto é admirável", e ele me mostrou um ovo querendo dizer-me: "Este ovo é mais admirável do que essa azeitona, pois do ovo sai um animal, e isso é mais espantoso". Por isso, atendi o seu pedido.

Depois, perguntaram ao homem:

— O que o rei quis dizer-lhe com aqueles sinais que você compreendeu?

O homem respondeu:

— Por Deus que nunca vi ninguém mais estúpido nem mais ignorante do que aquele rei cristão. Assim que o encontrei, ele me apontou o dedo querendo me dizer: "Eu erguerei você com a ponta do meu dedo assim", e eu lhe respondi: "E eu erguerei você com a ponta do meu dedo assim e o baixarei ao chão assim"; depois ele quis dizer: "Eu arrancarei o seu olho com meu dedo assim", e eu respondi: "E eu arrancarei os seus dois olhos com os meus dedos assim"; depois ele quis dizer: "Eu lhe darei esta azeitona que sobrou do meu almoço", e eu respondi: "Ó pobre coitado! Eu sou melhor do que você, pois do meu almoço sobrou este ovo", e lhe dei o ovo. Então, ele ficou com medo de mim e atendeu o meu pedido.

Um orador esquecido

Abu Alanbas subiu a um púlpito na cidade de Taif. Louvou e enalteceu a Deus e começou:

— Vou dizer-lhes...

Mas, acometido de um súbito esquecimento, perguntou:

— Acaso vocês sabem o que pretendo dizer-lhes?

Responderam:

— Não!

Ele disse:

— Então de que adiantará dizer-lhes o que não sabem?

E desceu do púlpito. Na sexta-feira seguinte, ele subiu ao púlpito e disse:

— Vou dizer-lhes...

Mas, acometido de um súbito esquecimento, perguntou:

— Acaso vocês sabem o que lhes direi?

Responderam:

— Sim!

Ele disse:

— Então que necessidade vocês têm de que eu lhes diga o que já sabem?

E desceu do púlpito. Na sexta-feira seguinte, ele subiu ao púlpito e disse:

— Vou dizer-lhes...

Mas, acometido de um súbito esquecimento, perguntou:

— Vocês sabem o que lhes direi?

Responderam:

— Uma parte sabe e a outra não sabe!

Ele disse:

— Então, que aqueles que sabem digam para aqueles que não sabem.

E desceu do púlpito.

Nota do tradutor

Na esfera do senso comum, os árabes são considerados exímios contadores de histórias. Isso é confirmado pela rica tradição narrativa legada por sua literatura, desde pelo menos o século VIII d.C. Era comum, nos enormes compêndios sobre as temáticas mais variadas, produzidos pelos autores antigos, que praticamente toda explanação acerca de um determinado tema fosse sucedida do que eles chamavam de nádira, "anedota", a qual servia, a um só tempo, para ilustrar a explicação e proporcionar algum espairecimento ao leitor/auditor. Assim, historiadores, teólogos, místicos, retores, biógrafos, preceptistas de erotologia e até mesmo filósofos – além, é óbvio, dos próprios compiladores de histórias amenas – lançavam mão desse recurso, que segundo a percepção genérica de produtores e receptores tornava menos árida a escalada pelas escarpas do conhecimento. Na verdade, as anedotas e historietas curiosas se constituem num dos fundamentos da retórica da prosa em árabe antigo, encontrando-se disseminadas, muitas vezes repetidas, por quase toda a vasta produção que vai do século VIII até pelo menos o XVIII, conforme se referiu. Nesse sentido, não se pode afirmar que seja dificultosa a empresa de recolher tais historietas, tamanha a sua abundância. A questão é o critério de seleção – e as histórias que vão enfeixadas neste volume, por exemplo, não obedecem a outro que não o dos eventuais deleite e curiosidade do tradutor, o qual espera correspondam aos dos leitores, ou com eles se encontrem, em alguma medida.

Nota

1 Ano 771 H., ou da Hégira. A Hégira, a migração de Maomé de Meca para Medina, ocorreu no ano de 622 da era cristã e marca o início do calendário muçulmano. Assim, 771 H. corresponde ao ano 1370 d.C. (N. T.)

Fontes dos originais árabes para as traduções

O poeta e o vendedor de melancias – Yúçuf Albadŕi (séc. XVIII),
Aurora anunciadora da posição do poeta Almutannabi.

O juiz e seu filho – Muhammad Bin Sa'd (séc. IX),
O livro das grandes categorias.

O peregrino, o colar e o perfumista – Ibn Aljâwzi (séc. XII),
O livro dos inteligentes.

Alquimia e farmácia – Ibn Abi Uçâybi'a (séc. XIII),
As melhores notícias sobre as diversas categorias de médicos.

A moeda de ouro e seus filhotes – Xihāb Addín Annuayri (séc. XIV),
O cúmulo da sagacidade nas artes do decoro.

O gramático arrependido – Ibn Aljâwzi (séc. XII),
O livro dos idiotas e dos néscios.

Um asno singular – Ibn 'Abd Râbbihi de Córdoba (séc. X),
O colar singular.

Um califa objetivo – Muhyi Addín Ibn Al'arabi de Múrcia (séc. XIII),
Palestras dos piedosos e serões dos generosos.

Embaixadores assustados – Muhyi Addín Ibn Al'arabi de Múrcia (séc. XIII), *Palestras dos piedosos e serões dos generosos.*

Os asnos por testemunhas – Ibn 'Abd Râbbihi de Córdoba (séc. X),
O colar singular.

O administrador justo – Ibrahim Alhûsri (séc. XI),
As mais preciosas anedotas e pilhérias.

Um pão por mil moedas de ouro – Almaqrízi (séc. XV),
O socorro da nação por meio da rememoração das desgraças.

Presentes forçados – Yaqút Alhamawi (séc. XIII),
Dicionário de letrados.

O choro autorizado – Ibn Attiqtaqà (séc. XIV),
Livro magnífico sobre os decoros dos poderosos.

Vizir austero e juiz ligeiro – Almuhassin Attanúkhi (séc. X),
Palestras agradáveis e notícias memoráveis.

Um roubo sinistro – Almas'údi (séc. XI),
Pradarias de ouro e minas de pedras preciosas.

Meu filho, enfim! – Yúçuf Ibn Axxaykh de Málaga (séc. XIII),
O livro do a-b-c.

O que diz o peixe frito? – Yúçuf Ibn Axxaykh de Málaga (séc. XIII),
O livro do a-b-c.

Questão jurídico-matemática – Yúçuf Ibn Axxaykh de Málaga (séc. XIII), *O livro do a-b-c.*

Os avarentos da região de Merv – Aljáhiz (séc. IX),
Os avaros.

Gasto de luz – Aljáhiz (séc. IX),
Os avaros.

Perfume caro não se desperdiça – Aljáhiz (séc. IX),
Os avaros.

Um avarento de palavra – Aljáhiz (séc. IX),
Os avaros.

Contra a intriga – Muhyi Addín Annâwawi (séc. XIII),
O livro das lembranças selecionadas do senhor dos piedosos.

Duas histórias de Juha, o sábio bobalhão – Yúçuf Ibn Axxaykh de Málaga (séc. XIII),
O livro do a-b-c.

Sobre a fundação de Bagdá – Muhammad Bin Jarír Attâbari (séc. X),
História dos profetas e dos reis.

O mercador desonesto – 'Abdulláh Ibn Almuqaffa' (séc. VIII),
Livro de Kalíla e Dimna.

Prêmio pelo amor filial – Alyáfi'i (séc. XIV),
Bosque de murtas.

Conversando por sinais – Ibn 'Ácim de Granada (séc. XV),
Jardins de rosas.

Um orador esquecido – Ibn 'Ácim de Granada (séc. XV),
Jardins de rosas.

Este livro, composto na fonte Fairfield (Linotype/Rudolf Ruzicka, 1939) e paginado por Silvia Amstalden, foi impresso em offset 90 g/m² na BMF Gráfica e Editora. São Paulo, Brasil, janeiro de 2023.